LOS MISTERIOS
DEL SEÑOR BURDICK

CHRIS VAN ALLSBURG

LOS ESPECIALES DE
A la orilla del viento
FONDO DE CULTURA ECONÓMICA
MÉXICO

Con agradecimiento
a Peter Wenders

Primera edición en inglés: 1984
Primera edición en español: 1996

Coordinador de la colección: Daniel Goldin
Traducción de Odette Smith

Título original: *The Mysteries of Harris Burdick*
© 1984, Chris van Allsburg
Publicado por Houghton Mifflin Co., Boston
ISBN 0-395-35393-9

ISBN 968-16-5114-6

Impreso en Italia, Grafiche AZ, Societá Editoriale, Verona.
Tiraje: 7 000 ejemplares

INTRODUCCIÓN

La primera vez que vi los dibujos de este libro fue hace un año, en la casa de un hombre llamado Peter Wenders. Aunque el señor Wenders ahora está jubilado, en otro tiempo trabajó para un editor de libros para niños, seleccionando las historias y las imágenes que luego se convertirían en libros.

Hace treinta años llegó un señor a la oficina de Peter Wenders, presentándose con el nombre de Harris Burdick. El señor Burdick le contó que había escrito catorce cuentos y dibujado muchas ilustraciones para cada uno de ellos. Había llevado un solo dibujo de cada cuento, para ver si a Wenders le gustaba su trabajo.

Peter Wenders quedó fascinado con las ilustraciones. Dijo a Burdick que le gustaría leer los cuentos lo antes posible. El artista quedó en llevárselos al día siguiente por la mañana y dejó los catorce dibujos con Wenders. Sin embargo, no regresó al día siguiente ni el día después de ése. Nunca más se volvió a oír de Harris Burdick. A lo largo de los años, Wenders trató de averiguar quién era Burdick y qué le había sucedido, pero no pudo descubrir nada. Hasta la fecha, Harris Burdick sigue siendo un misterio absoluto.

Su desaparición no es el único misterio que dejó. ¿Qué historias acompañaban estos dibujos? Hay algunas pistas. Burdick había escrito un título y un epígrafe para cada ilustración. Cuando le comenté a Peter Wenders cuán difícil era mirar las imágenes y sus epígrafes sin imaginar un cuento, él sonrió y salió de la habitación. Regresó con una caja de cartón cubierta de polvo. Contenía docenas de historias; todas inspiradas por los dibujos de Burdick. Habían sido escritas hacía años por los hijos de Wenders y sus amigos.

Pasé el resto de mi visita leyendo estas historias. Eran notables, algunas extravagantes, otras divertidas y algunas francamente espeluznantes. Con la esperanza de que otros niños sean nuevamente inspirados por los dibujos de Burdick, los reproducimos aquí por primera vez.

Chris van Allsburg
Providence, Rhode Island

ARCHIE SMITH, NIÑO MARAVILLA

Una vocecita preguntó: —¿Es él?

DEBAJO DE LA ALFOMBRA

Pasaron dos semanas y volvió a suceder.

UN EXTRAÑO DÍA EN JULIO

Lanzó con todas sus fuerzas,
pero la tercera piedra rebotó de regreso.

EXTRAVÍO EN VENECIA

Aun con sus potentes motores en reversa,
el trasatlántico fue arrastrado más
y más en el canal.

OTRO LUGAR, OTRO TIEMPO

Si había una respuesta, él la encontraría allí.

HUÉSPEDES SIN INVITACIÓN

Su corazón latía desbocado.
Estaba seguro de que había visto girar el tirador de la puerta.

EL ARPA

Así que es verdad, pensó, es realmente cierto.

LA BIBLIOTECA DEL SEÑOR LINDEN

Él la había prevenido sobre el libro.
Ahora era demasiado tarde.

LAS SIETE SILLAS

La quinta silla terminó en Francia.

LA ALCOBA DEL TERCER PISO

Todo comenzó cuando alguien dejó abierta la ventana.

SÓLO POSTRE

Acercó el cuchillo y se iluminó aun más.

CAPITÁN TORY

*Movió su farol tres veces
y lentamente apareció la goleta.*

ÓSCAR Y ALFONSO

Sabía que era el momento de devolverlos.
Las orugas se deslizaron suavemente por su mano
al escribir "adiós".

LA CASA DE LA CALLE MAPLE

Fue un despegue perfecto.